ALBERT CAMUS

L'HÔTE

Edition intégrale annotée

par

Theo Schumacher

MAX HUEBER VERLAG

Die Novelle ist dem Werk *L'exil et le royaume* entnommen
(© Editions Gallimard 1957).

6. Auflage

5. 4. | Die letzten Ziffern
1986 85 84 | bezeichnen Zahl und Jahr des Druckes.
Alle Drucke dieser Auflage können nebeneinander benutzt werden.

Umschlagzeichnung: Erich Hölle, Otterfing
Druck: Storr Druck, München · Printed in Germany
ISBN 3-19-000224-X

L'AUTEUR ET SON ŒUVRE

Albert Camus est né en 1913 à Mondovi, petit village près de Constantine, en Algérie. Son père, ouvrier agricole, est tué au front en 1914. Sa mère, d'origine espagnole, s'installe avec ses deux fils à Alger dans un logis étroit et les soutient tant bien que mal en travaillant comme femme de ménage. Elle ne sait ni lire ni écrire et «parle avec difficulté». Camus, toute sa vie, se sentira profondément lié à cette mère silencieuse. Le thème du silence, à travers lequel s'établit une communion qu'aucune parole ne parvient à exprimer, apparaît très souvent dans son œuvre. *L'hôte* en est un exemple frappant.

Camus, dans son adolescence, est un jeune Algérien assez typique, passionnément épris de sport et de la vie en plein air. Grâce à un instituteur il obtient une bourse d'étude au Lycée. A l'âge de 17 ans, il tombe gravement malade d'une tuberculose dont il ne se débarrassera jamais.

Malgré sa maladie Camus se fait inscrire à la Faculté des Lettres à Alger et se jette avec une énergie extraordinaire dans de multiples activités. Il prépare sa licence, puis son diplôme de philosophie, tout en gagnant sa vie par toutes sortes de métiers. Il enseigne, se lance dans la politique, mais surtout il se met à écrire. En 1938, Camus entre dans le journalisme. Un an plus tard il s'installe à Paris où, sous l'occupation allemande, il fait partie d'un groupe de Résistance.

Après la guerre, il quitte le journalisme pour se consacrer à son œuvre d'écrivain et d'homme de théâtre. Ayant reçu, en

1957, le Prix Nobel de littérature, il meurt trois ans plus tard, victime d'un accident de voiture.

L'œuvre de Camus se développe en « cycles », qui reflètent l'évolution de sa philosophie.

Au départ, le jeune Camus définit la condition humaine : L'homme, avide de bonheur, de justice et d'amour, se trouve dans un univers froid et totalement indifférent à ses exigences morales. Son élan vers l'éternel se heurte au caractère fini de son existence. L'homme a besoin « de la lune ou du bonheur ou de l'immortalité, de quelque chose qui soit dément peut-être, mais qui ne soit pas de ce monde. » (*Caligula*). C'est cet état de choses que Camus résume en un mot : notre situation est ABSURDE, impossible à comprendre.

Comment vivre dans l'incompréhensible sans s'aveugler sur sa situation ? Cette question pousse l'homme à dresser, en face de l'univers naturel, un ordre humain, qui seul rend la vie tolérable. Cette RÉVOLTE donne à la vie sa grandeur, en opposant à l'absurdité du monde une création qui la nie : « créer, c'est vivre deux fois ».

L'expérience de la guerre et une longue méditation sur les dégâts causés par les idéologies totalitaires amènent Camus à poser le problème du mal qui naît d'une révolte sans limites. Il cherche des valeurs positives grâce auxquelles l'homme révolté peut vivre avec dignité. Ces valeurs, il finit par les trouver dans la SOLIDARITÉ HUMAINE qui permet aux hommes de surmonter l'absurdité originelle.

L'hôte est une des six nouvelles de *L'exil et le royaume*, le dernier volume que Camus a publié. Bien que l'élément de l'absurde y joue encore un grand rôle, l'histoire est dominée par certaines valeurs inhérentes à l'attitude de l'instituteur. Envers ces valeurs, Camus est lui-même, malgré l'objectivité du ton, « engagé ».

OUVRAGES PRINCIPAUX

Récits: L'étranger (1942) ; La peste (1947)

Essais: Le mythe de Sisyphe (1942) ; Lettres à un ami allemand (1945) ; L'homme révolté (1951)

Nouvelles: L'exil et le royaume (1957)

Théâtre: Le malentendu (1945) ; Caligula (1945) ; L'état de siège (1948) ; Les justes (1949)

LITTERATURE CONSULTEE

Germaine Brée, Georges Markow-Totevy: *Contes et Nouvelles 1950–1960* (Holt, Rinehardt and Winston, New York)

Pierre de Boisdeffre: *Une histoire vivante de la littérature d'aujourd'hui* (Librairie Académique Perrin, Paris)

L'HÔTE

L'instituteur regardait les deux hommes monter vers lui. L'un était à cheval, l'autre à pied. Ils n'avaient pas encore entamé le raidillon abrupt qui menait à l'école, bâtie au flanc d'une colline. Ils peinaient, progressant lentement dans la neige, entre les pierres, sur l'immense étendue du haut plateau désert. De temps en temps, le cheval bronchait visiblement. On ne l'entendait pas encore, mais on voyait le jet de vapeur qui sortait alors de ses naseaux. L'un des hommes, au moins, connaissait le pays. Ils suivaient la piste qui avait pourtant disparu depuis plusieurs jours sous une couche blanche et sale. L'instituteur calcula qu'ils ne seraient pas sur la colline avant une demi-heure. Il faisait froid ; il rentra dans l'école pour chercher un chandail.

Il traversa la salle de classe, vide et glacée. Sur le tableau noir les quatre fleuves de France, dessinés avec quatre craies de couleurs différentes, coulaient vers leur estuaire depuis trois jours. La neige était tombée brutalement à la mi-octobre, après huit mois de sécheresse, sans que la pluie eût apporté une transition et la vingtaine d'élèves qui habitaient dans les villages disséminés sur le plateau ne venaient plus. Il fallait attendre le beau temps. Daru ne chauffait plus que l'unique pièce qui constituait son logement, attenant à la classe, et ouvrant aussi sur le plateau à l'est. Une fenêtre donnait encore, comme celles de la classe, sur le midi. De ce côté, l'école se trouvait à quelques kilomètres de l'endroit où le plateau commençait à descendre vers le sud. Par temps clair, on pouvait apercevoir les masses violettes du contrefort montagneux où s'ouvrait la porte du désert.

Un peu réchauffé, Daru retourna à la fenêtre d'où il avait, pour la première fois, aperçu les deux hommes. On ne les voyait plus. Ils avaient donc attaqué le raidillon. Le ciel était moins foncé : dans la nuit, la neige avait cessé de tomber. Le matin s'était levé sur une lumière sale qui s'était à peine renforcée à mesure que le plafond de nuages remontait. A deux heures de l'après-midi, on eût dit que la journée commençait seulement. Mais cela valait mieux que ces trois jours où l'épaisse neige tombait au milieu des ténèbres incessantes, avec de petites sautes de vent qui venaient secouer la double porte de la classe. Daru patientait alors de longues heures dans sa chambre dont il ne sortait que pour aller sous l'appentis, soigner les poules et puiser dans la provision de charbon. Heureusement, la camionnette de Tadjid, le village le plus proche au nord, avait apporté le ravitaillement deux jours avant la tourmente. Elle reviendrait dans quarante-huit heures.

Il avait d'ailleurs de quoi soutenir un siège, avec les sacs de blé qui encombraient la petite chambre et que l'administration lui laissait en réserve pour distribuer à ceux de ses élèves dont les familles avaient été victimes de la sécheresse. En réalité, le malheur les avait tous atteints puisque tous étaient pauvres. Chaque jour, Daru distribuait une ration aux petits. Elle leur avait manqué, il le savait bien, pendant ces mauvais jours. Peut-être un des pères ou des grands frères viendrait ce soir et il pourrait les ravitailler en grains. Il fallait faire la soudure avec la prochaine récolte, voilà tout. Des navires de blé arrivaient maintenant de France, le plus dur était passé. Mais il serait difficile d'oublier cette misère, cette armée de fantômes haillonneux errant dans le soleil, les plateaux calcinés mois après mois, la terre recroquevillée peu à peu, littéralement torréfiée, chaque pierre éclatant en poussière sous le pied. Les moutons mouraient alors par milliers et quelques hommes, çà et là, sans qu'on puisse toujours le savoir.

Devant cette misère, lui qui vivait presque en moine dans son école perdue, content d'ailleurs du peu qu'il avait, et de cette vie rude, s'était senti un seigneur, avec ses murs crépis, son divan étroit, ses étagères de bois blanc, son puits, et son ravitaillement hebdomadaire en eau et en nourriture. Et, tout d'un coup, cette neige, sans avertissement, sans la détente de la pluie. Le pays était ainsi, cruel à vivre, même sans les hommes, qui, pourtant, n'arrangeaient rien. Mais Daru y était né. Partout ailleurs, il se sentait exilé.

Il sortit et avança sur le terre-plein devant l'école. Les deux hommes étaient maintenant à mi-pente. Il reconnut dans le cavalier, Balducci, le vieux gendarme qu'il connaissait depuis longtemps. Balducci tenait au bout d'une corde un Arabe qui avançait derrière lui, les mains liées, le front baissé. Le gendarme fit un geste de salutation auquel Daru ne répondit pas, tout entier occupé à regarder l'Arabe vêtu d'une djellabah autrefois bleue, les pieds dans des sandales, mais couverts de chaussettes en grosse laine grège, la tête coiffée d'un chèche étroit et court. Ils approchaient. Balducci maintenait sa bête au pas pour ne pas blesser l'Arabe et le groupe avançait lentement.

A portée de voix, Balducci cria : « Une heure pour faire les trois kilomètres d'El Ameur ici ! » Daru ne répondit pas. Court et carré dans son chandail épais, il les regardait monter. Pas une seule fois, l'Arabe n'avait levé la tête. « Salut », dit Daru, quand ils débouchèrent sur le terre-plein. « Entrez vous réchauffer. » Balducci descendit péniblement de sa bête, sans lâcher la corde. Il sourit à l'instituteur sous ses moustaches hérissées. Ses petits yeux sombres, très enfoncés sous le front basané, et sa bouche entourée de rides, lui donnaient un air attentif et appliqué. Daru prit la bride, conduisit la bête vers l'appentis, et revint vers les deux hommes qui l'attendaient maintenant dans l'école. Il les fit pénétrer dans sa chambre. « Je vais chauffer la salle de classe », dit-il. « Nous y serons plus à l'aise. » Quand il entra de nouveau dans la chambre, Balducci était sur le divan. Il avait dénoué la corde qui le liait à l'Arabe et celui-ci s'était accroupi près du poêle. Les mains toujours liées, le chèche maintenant poussé en arrière, il regardait vers la fenêtre. Daru ne vit d'abord que ses énormes lèvres, pleines, lisses, presque négroïdes ; le nez cependant était droit, les yeux sombres, pleins de fièvre. Le chèche découvrait un front buté et, sous la peau recuite mais un peu décolorée par le froid, tout le visage avait un air à la fois inquiet et rebelle qui frappa Daru quand l'Arabe, tournant son visage vers lui, le regarda droit dans les yeux. « Passez à côté », dit l'instituteur, « je vais vous faire du thé à la menthe. – Merci », dit Balducci. « Quelle corvée ! Vivement la retraite. » Et s'adressant en arabe à son prisonnier : « Viens, toi. » L'Arabe se leva et, lentement, tenant ses poignets joints devant lui, passa dans l'école.

Avec le thé, Daru apporta une chaise. Mais Balducci trônait déjà sur la première table d'élève et l'Arabe s'était accroupi contre l'estrade du maître, face au poêle qui se trouvait entre le bureau et la fenêtre. Quand il tendit le verre de thé au prisonnier, Daru hésita devant ses mains liées. « On peut le délier, peut-être. – Sûr », dit Balducci. « C'était pour le voyage. » Il fit mine de se lever. Mais Daru, posant le verre sur le sol, s'était agenouillé près de l'Arabe. Celui-ci, sans rien dire, le regardait faire de ses yeux fiévreux. Les mains libres, il frotta l'un contre l'autre ses poignets gonflés, prit le verre de thé et aspira le liquide brûlant, à petites gorgées rapides.

« Bon », dit Daru. « Et comme ça, où allez-vous ? »

Balducci retira sa moustache du thé : « Ici, fils.

– Drôles d'élèves ! Vous couchez ici ?

– Non. Je vais retourner à El Ameur. Et toi, tu livreras le camarade à Tinguit. On l'attend à la commune mixte. »

Balducci regardait Daru avec un petit sourire d'amitié.

« Qu'est-ce que tu racontes », dit l'instituteur. « Tu te fous de moi ?

– Non, fils. Ce sont les ordres.

– Les ordres ? Je ne suis pas . . . » Daru hésita ; il ne voulait pas peiner le vieux Corse. « Enfin, ce n'est pas mon métier.

– Eh ! Qu'est-ce que ça veut dire ? A la guerre, on fait tous les métiers.

– Alors, j'attendrai la déclaration de guerre ! »

Balducci approuva de la tête.

« Bon. Mais les ordres sont là et ils te concernent aussi. Ça bouge, paraît-il. On parle de révolte prochaine. Nous sommes mobilisés dans un sens. »

Daru gardait son air buté.

« Ecoute, fils », dit Balducci. « Je t'aime bien, il faut comprendre. Nous sommes une douzaine à El Ameur pour patrouiller dans le territoire d'un petit département et je dois rentrer. On m'a dit de te confier ce zèbre et de rentrer sans tarder. On ne pouvait pas le garder là-bas. Son village s'agitait, ils voulaient le reprendre. Tu dois le mener à Tinguit dans la journée de demain. Ce n'est pas une vingtaine de kilomètres qui font peur à un costaud comme toi. Après, ce sera fini. Tu retrouveras tes élèves et la bonne vie. »

Derrière le mur, on entendit le cheval s'ébrouer et frapper du sabot. Daru regardait par la fenêtre. Le temps se levait décidément, la lumière s'élargissait sur le plateau neigeux. Quand toute la neige serait fondue, le soleil régnerait de nouveau et brûlerait une fois de plus les champs de pierre. Pendant des jours, encore, le ciel inaltérable déverserait sa lumière sèche sur l'étendue solitaire où rien ne rappelait l'homme.

« Enfin », dit-il en se retournant vers Balducci, « qu'est-ce qu'il a fait ? » Et il demanda, avant que le gendarme ait ouvert la bouche : « Il parle français ?

– Non, pas un mot. On le recherchait depuis un mois, mais ils le cachaient. Il a tué son cousin.

– Il est contre nous ?

– Je ne crois pas. Mais on ne peut jamais savoir.

– Pourquoi a-t-il tué ?

– Des affaires de famille, je crois. L'un devait du grain à l'autre, paraît-il. Ça n'est pas clair. Enfin, bref, il a tué le cousin d'un coup de serpe. Tu sais, comme au mouton, zic ! . . . »

Balducci fit le geste de passer une lame sur sa gorge et l'Arabe, son attention attirée, le regardait avec une sorte d'inquiétude. Une colère subite vint à Daru contre cet homme, contre tous les hommes et leur sale méchanceté, leurs haines inlassables, leur folie du sang.

Mais la bouilloire chantait sur le poêle. Il resservit du thé à Balducci, hésita, puis servit à nouveau l'Arabe qui, une seconde fois, but avec avidité. Ses bras soulevés entrebâillaient maintenant la djellabah et l'instituteur aperçut sa poitrine maigre et musclée.

« Merci, petit », dit Balducci. « Et maintenant, je file. »

Il se leva et se dirigea vers l'Arabe, en tirant une cordelette de sa poche.

« Qu'est-ce que tu fais ? » demanda sèchement Daru.

Balducci, interdit, lui montra la corde.

« Ce n'est pas la peine. »

Le vieux gendarme hésita :

« Comme tu voudras. Naturellement, tu es armé ?

– J'ai mon fusil de chasse.

– Où ?

– Dans la malle.

– Tu devrais l'avoir près de ton lit.

– Pourquoi ? Je n'ai rien à craindre.

– Tu es sonné, fils. S'ils se soulèvent, personne n'est à l'abri, nous sommes tous dans le même sac.

– Je me défendrai. J'ai le temps de les voir arriver. »

Balducci se mit à rire, puis la moustache vint soudain recouvrir les dents encore blanches.

« Tu as le temps ? Bon. C'est ce que je disais. Tu as toujours été un peu fêlé. C'est pour ça que je t'aime bien, mon fils était comme ça. »

Il tirait en même temps son revolver et le posait sur le bureau.

« Garde-le, je n'ai pas besoin de deux armes d'ici El Ameur. »

Le revolver brillait sur la peinture noire de la table. Quand le gendarme se retourna vers lui, l'instituteur sentit son odeur de cuir et de cheval.

« Ecoute, Balducci », dit Daru soudainement, « tout ça me dégoûte, et ton gars le premier. Mais je ne le livrerai pas. Me battre, oui, s'il le faut. Mais pas ça. »

Le vieux gendarme se tenait devant lui et le regardait avec sévérité.

« Tu fais des bêtises », dit-il lentement. « Moi non plus, je n'aime pas ça. Mettre une corde à un homme, malgré les années, on ne s'y habitue pas et même, oui, on a honte. Mais on ne peut pas les laisser faire.

– Je ne le livrerai pas, répéta Daru.

– C'est un ordre, fils. Je te le répète.

– C'est ça. Répète-leur ce que je t'ai dit : je ne le livrerai pas. »

Balducci faisait un visible effort de réflexion. Il regardait l'Arabe et Daru. Il se décida enfin.

« Non. Je ne leur dirai rien. Si tu veux nous lâcher, à ton aise, je ne te dénoncerai pas. J'ai l'ordre de livrer le prisonnier : je le fais. Tu vas maintenant me signer le papier.

– C'est inutile. Je ne nierai pas que tu me l'as laissé.

– Ne sois pas méchant avec moi. Je sais que tu diras la vérité. Tu es d'ici, tu es un homme. Mais tu dois signer, c'est la règle. »

Daru ouvrit son tiroir, tira une petite bouteille carrée d'encre violette, le porte-plume de bois rouge avec la plume *sergent-major* qui lui servait à tracer les modèles d'écriture et il signa. Le gendarme plia soigneusement le papier et le mit dans son portefeuille. Puis il se dirigea vers la porte.

« Je vais t'accompagner », dit Daru.

– « Non », dit Balducci. « Ce n'est pas la peine d'être poli. Tu m'as fait un affront. »

Il regarda l'Arabe, immobile, à la même place, renifla d'un air chagrin et se détourna vers la porte : « Adieu, fils », dit-il. La porte battit derrière lui. Balducci surgit devant la fenêtre puis disparut. Ses pas étaient étouffés par la neige. Le cheval s'agita derrière la cloison, des poules s'effarèrent. Un moment après, Balducci repassa devant la fenêtre tirant le cheval par la bride. Il avançait vers le raidillon sans se retourner, disparut le premier et le cheval le suivit. On entendit une grosse pierre rouler mollement. Daru revint vers le prisonnier qui n'avait pas bougé, mais ne le quittait pas des yeux. « Attends », dit l'instituteur en arabe, et il se dirigea vers la chambre. Au moment de passer le seuil, il se ravisa, alla au bureau, prit le revolver et le fourra dans sa poche. Puis, sans se retourner, il entra dans sa chambre.

Longtemps, il resta étendu sur son divan à regarder le ciel se fermer peu à peu, à écouter le silence. C'était ce silence qui lui avait paru pénible les premiers jours de son arrivée, après la guerre. Il avait demandé un poste dans la petite ville au pied des contreforts qui séparent du désert les hauts plateaux. Là, des murailles rocheuses, vertes et noires au nord, roses ou mauves au sud, marquaient la frontière de l'éternel été. On l'avait nommé à un poste plus au nord, sur le plateau même. Au début, la solitude et le silence lui avaient été durs sur ces terres ingrates, habitées seulement par des pierres. Parfois, des sillons faisaient croire à des cultures, mais ils avaient été creusés pour mettre au jour une certaine pierre, propice à la construction. On ne labourait ici que pour récolter des cailloux. D'autres fois, on grattait quelques copeaux de terre, accumulée dans des creux, dont on engraisserait les maigres jardins des villages. C'était ainsi, le caillou seul couvrait les trois quarts de ce pays. Les villes y naissaient, brillaient, puis disparaissaient ; les hommes y passaient, s'aimaient ou se mordaient à la gorge, puis mouraient. Dans ce désert, personne, ni lui ni son hôte n'étaient rien. Et pourtant, hors de ce désert ni l'un ni l'autre, Daru le savait, n'auraient pu vivre vraiment.

Quand il se leva, aucun bruit ne venait de la salle de classe. Il s'étonna de cette joie franche qui lui venait à la seule pensée que l'Arabe avait pu fuir et qu'il allait se retrouver seul sans avoir rien à décider. Mais le prisonnier était là. Il s'était seulement couché de tout son long entre le poêle et le bureau. Les yeux ouverts, il regardait le plafond. Dans cette position, on voyait surtout ses lèvres épaisses qui lui donnaient un air boudeur. « Viens », dit Daru. L'Arabe se leva et le suivit. Dans la chambre, l'instituteur lui montra une chaise près de la table, sous la fenêtre. L'Arabe prit place sans cesser de regarder Daru.

« Tu as faim ?

– Oui », dit le prisonnier.

Daru installa deux couverts. Il prit de la farine et de l'huile, pétrit dans un plat une galette et alluma le petit fourneau à butagaz. Pendant que la galette cuisait, il sortit pour ramener de l'appentis du fromage, des œufs, des dattes et du lait condensé. Quand la galette fut cuite, il la mit à refroidir sur le rebord de la fenêtre, fit chauffer du lait condensé étendu d'eau et, pour finir, battit les œufs en omelette. Dans un de ses mouvements, il heurta le revolver enfoncé dans sa poche droite. Il posa le bol, passa dans la salle de classe et mit le revolver dans le tiroir de son bureau. Quand il revint dans la chambre, la nuit tombait. Il donna de la lumière et servit l'Arabe: « Mange », dit-il. L'autre prit un morceau de galette, le porta vivement à sa bouche et s'arrêta.

« Et toi : dit-il.

– Après toi. Je mangerai aussi. »

Les grosses lèvres s'ouvrirent un peu, l'Arabe hésita, puis il mordit résolument dans la galette.

Le repas fini, l'Arabe regardait l'instituteur.

« C'est toi le juge ?

« Non, je te garde jusqu'à demain.

– Pourquoi tu manges avec moi ?

– J'ai faim. »

L'autre se tut. Daru se leva et sortit. Il ramena un lit de camp de l'appentis, l'étendit entre la table et le poêle, perpendiculairement à son propre lit. D'une grande valise qui, debout dans un coin, servait d'étagère à dossiers, il tira deux couvertures qu'il disposa sur le lit de camp. Puis il s'arrêta, se sentit oisif, s'assit sur son lit. Il n'y avait plus rien à faire ni à préparer. Il fallait regarder cet homme. Il le regardait donc, essayant d'imaginer ce visage emporté de fureur. Il n'y parvenait pas. Il voyait seulement le regard à la fois sombre et brillant, et la bouche animale.

« Pourquoi tu l'as tué ? » dit-il d'une voix dont l'hostilité le surprit.

L'Arabe détourna son regard.

« Il s'est sauvé. J'ai couru derrière lui. »

Il releva les yeux sur Daru et ils étaient pleins d'une sorte d'interrogation malheureuse.

« Maintenant, qu'est-ce qu'on va me faire ?

– Tu as peur ? »

L'autre se raidit, en détournant les yeux.

« Tu regrettes ? »

L'Arabe le regarda, bouche ouverte. Visiblement, il ne comprenait pas. L'irritation gagnait Daru. En même temps, il se sentait gauche et emprunté dans son gros corps, coincé entre les deux lits.

« Couche-toi là », dit-il avec impatience. « C'est ton lit. »

L'Arabe ne bougeait pas. Il appela Daru :

« Dis ! »

L'instituteur le regarda.

« Le gendarme revient demain ?

– Je ne sais pas.

– Tu viens avec nous ?

– Je ne sais pas. Pourquoi ? »

se réfère au gendarme et à l'Arabe (et non pas au maquis algérien]

Le prisonnier se leva et s'étendit à même les couvertures, les pieds vers la fenêtre. La lumière de l'ampoule électrique lui tombait droit dans les yeux qu'il ferma aussitôt.

« Pourquoi ? » répéta Daru, planté devant le lit.

L'Arabe ouvrit les yeux sous la lumière aveuglante et le regarda en s'efforçant de ne pas battre les paupières.

« Viens avec nous », dit-il.

Au milieu de la nuit, Daru ne dormait toujours pas. Il s'était mis au lit après s'être complètement déshabillé : il couchait nu habituellement. Mais quand il se trouva sans vêtements dans la chambre, il hésita. Il se sentait vulnérable, la tentation lui vint de se rhabiller. Puis il haussa les épaules ; il en avait vu d'autres et, s'il le fallait, il casserait en deux son adversaire. De son lit, il pouvait l'observer, étendu sur le dos, toujours immobile et les yeux fermés sous la lumière violente. Quand Daru éteignit, les ténèbres semblèrent se congeler d'un coup. Peu à peu, la nuit redevint vivante dans la fenêtre où le ciel sans étoiles remuait doucement. L'instituteur distingua bientôt le corps étendu devant lui. L'Arabe ne bougeait toujours pas, mais ses yeux semblaient ouverts. Un léger vent rôdait autour de l'école. Il chasserait peut-être les nuages et le soleil reviendrait.

Dans la nuit, le vent grandit. Les poules s'agitèrent un peu, puis se turent. L'Arabe se retourna sur le côté, présentant le dos à Daru et celui-ci crut l'entendre gémir. Il guetta ensuite sa respiration, devenue plus forte et plus régulière. Il écoutait ce souffle si proche et rêvait sans pouvoir s'endormir. Dans la chambre où, depuis un an, il dormait seul, cette présence le gênait. Mais elle le gênait aussi parce qu'elle lui imposait une sorte de fraternité qu'il refusait dans les circonstances présentes et qu'il connaissait bien : les hommes, qui partagent les mêmes chambres, soldats ou prisonniers, contractent un lien étrange comme si, leurs armures quittées avec les vêtements, ils se rejoignaient chaque soir, pardessus leurs différences, dans la vieille communauté du songe et de la fatigue. Mais Daru se secouait, il n'aimait pas ces bêtises, il fallait dormir.

Un peu plus tard pourtant, quand l'Arabe bougea imperceptiblement, l'instituteur ne dormait toujours pas. Au deuxième mouvement du prisonnier, il se raidit, en alerte. L'Arabe se soulevait lentement sur les bras, d'un mouvement presque somnambulique. Assis sur le lit, il attendit, immobile, sans tourner la tête vers Daru, comme s'il écoutait de toute son attention. Daru ne bougea pas : il venait de penser que le revolver était resté dans le tiroir de son bureau. Il valait mieux agir tout de suite. Il continua cependant d'observer le prisonnier qui, du même mouvement huilé, posait ses pieds sur le sol, attendait encore, puis commençait à se dresser lentement. Daru allait l'interpeller quand l'Arabe se mit en marche, d'une allure naturelle cette fois, mais extraordinairement silencieuse. Il allait vers la porte du fond qui donnait sur l'appentis. Il fit jouer le loquet avec précaution et sortit en repoussant la porte derrière lui, sans la refermer. Daru n'avait pas bougé : « Il fuit, pensait-il seulement. Bon débarras ! » Il tendit pourtant l'oreille. Les poules ne bougeaient pas : l'autre était donc sur le plateau. Un faible bruit d'eau lui parvint alors dont il ne comprit ce qu'il était qu'au moment où l'Arabe s'encastra de nouveau dans la porte, la referma avec soin, et vint se recoucher sans un bruit. Alors Daru lui tourna le dos et s'endormit. Plus tard encore, il lui sembla entendre, du fond de son sommeil, des pas furtifs autour de l'école. « Je rêve, je rêve ! » se répétait-il. Et il dormait.

Quand il se réveilla, le ciel était découvert ; par la fenêtre mal jointe entrait un air froid et pur. L'Arabe dormait, recroquevillé maintenant sous les couvertures, la bouche ouverte, totalement abandonné. Mais quand Daru le secoua, il eut un sursaut terrible, regardant Daru sans le reconnaître avec des yeux fous et une expression si apeurée que l'instituteur fit un pas en arrière. « N'aie pas peur. C'est moi. Il faut manger. » L'Arabe secoua la tête et dit oui. Le calme était revenu sur son visage, mais son expression restait absente et distraite.

Le café était prêt. Ils le burent, assis tous deux sur le lit de camp, en mordant leurs morceaux de galette. Puis Daru mena l'Arabe sous l'appentis et lui montra le robinet où il faisait sa toilette. Il rentra dans la chambre, plia les couvertures et le lit de camp, fit son propre lit et mit la pièce en ordre. Il sortit alors sur le terre-plein en passant par l'école. Le soleil montait déjà dans le ciel bleu ; une lumière tendre et vive inondait le plateau désert. Sur le raidillon, la neige fondait par endroits. Les pierres allaient apparaître de nouveau. Accroupi au bord du plateau, l'instituteur contemplait l'étendue déserte. Il pensait à Balducci. Il lui avait fait de la peine, il l'avait renvoyé, d'une certaine manière, comme s'il ne voulait pas être dans le même sac. Il entendait encore l'adieu du gendarme et, sans savoir pourquoi, il se sentait étrangement vide et vulnérable. A ce moment, de l'autre côté de l'école, le prisonnier toussa. Daru l'écouta, presque malgré lui, puis, furieux, jeta un caillou qui siffla dans l'air avant de s'enfoncer dans la neige. Le crime imbécile de cet homme le révoltait, mais le livrer était contraire à l'honneur : d'y penser seulement le rendait fou d'humiliation. Et il maudissait à la fois les siens qui lui envoyaient cet Arabe et celui-ci qui avait osé tuer et n'avait pas su s'enfuir. Daru se leva, tourna en rond sur le terre-plein, attendit, immobile, puis entra dans l'école.

L'Arabe, penché sur le sol cimenté de l'appentis, se lavait les dents avec deux doigts. Daru le regarda, puis : « Viens », dit-il. Il rentra dans la chambre, devant le prisonnier. Il enfila une veste de chasse sur son chandail et chaussa des souliers de marche. Il attendit debout que l'Arabe eût remis son chèche et ses sandales. Ils passèrent dans l'école et l'instituteur montra la sortie à son compagnon. « Va », dit-il. L'autre ne bougea pas. « Je viens », dit Daru. L'Arabe sortit. Daru rentra dans la chambre et fit un paquet avec des biscottes, des dattes et du sucre. Dans la salle de classe, avant de sortir, il hésita une seconde devant son bureau, puis il franchit le seuil de l'école et boucla la porte. « C'est par là », dit-il. Il prit la direction de l'est, suivi par le prisonnier. Mais, à une faible distance de l'école, il lui sembla entendre un léger bruit derrière lui. Il revint sur ses pas, inspecta les alentours de la maison : il n'y avait personne. L'Arabe le regardait faire, sans paraître comprendre. « Allons », dit Daru.

Ils marchèrent une heure et se reposèrent auprès d'une sorte d'aiguille calcaire. La neige fondait de plus en plus vite, le soleil pompait aussitôt les flaques, nettoyait à toute allure le plateau qui, peu à peu, devenait sec et vibrait comme l'air lui-même. Quand ils reprirent la route, le sol résonnait sous leurs pas. De loin en loin, un oiseau fendait l'espace devant eux avec un cri joyeux. Daru buvait, à profondes aspirations, la lumière fraîche. Une sorte d'exaltation naissait en lui devant le grand espace familier, presque entièrement jaune maintenant, sous sa calotte de ciel bleu. Ils marchèrent encore une heure, en descendant vers le sud. Ils arrivèrent à une sorte d'éminence aplatie, faite de rochers friables. A partir de là, le plateau dévalait, à l'est, vers une plaine basse où l'on pouvait distinguer quelques arbres maigres et, au sud, vers des amas rocheux qui donnaient au paysage un aspect tourmenté.

Daru inspecta les deux directions. Il n'y avait que le ciel à l'horizon, pas un homme ne se montrait. Il se tourna vers l'Arabe, qui le regardait sans comprendre. Daru lui tendit un paquet: « Prends », dit-il. « Ce sont des dattes, du pain, du sucre. Tu peux tenir deux jours. Voilà mille francs aussi. » L'Arabe prit le paquet et l'argent, mais il gardait ses mains pleines à hauteur de la poitrine, comme s'il ne savait que faire de ce qu'on lui donnait. « Regarde maintenant », dit l'instituteur, et il lui montrait la direction de l'est, « voilà la route de Tinguit. Tu as deux heures de marche. A Tinguit, il y a l'administration et la police. Ils t'attendent. » L'Arabe regardait vers l'est, retenant toujours contre lui le paquet et l'argent. Daru lui prit le bras et lui fit faire, sans douceur, un quart de tour vers le sud. Au pied de la hauteur où ils se trouvaient, on devinait un chemin à peine dessiné. « Ça, c'est la piste qui traverse le plateau. A un jour de marche d'ici, tu trouveras les pâturages et les premiers nomades. Ils t'accueilleront et t'abriteront, selon leur loi. » L'Arabe s'était retourné maintenant vers Daru et une sorte de panique se levait sur son visage: « Ecoute », dit-il. Daru secoua la tête : « Non, tais-toi. Maintenant, je te laisse. » Il lui tourna le dos, fit deux grands pas dans la direction de l'école, regarda d'un air indécis l'Arabe immobile et repartit. Pendant quelques minutes, il n'entendit plus que son propre pas, sonore sur la terre froide, et il ne détourna pas la tête. Au bout d'un moment, pourtant, il se retourna. L'Arabe était toujours là, au bord de la colline, les bras pendants maintenant, et il regardait l'instituteur. Daru sentit sa gorge se nouer. Mais il jura d'impatience, fit un grand signe, et repartit. Il était déjà loin quand il s'arrêta de nouveau et regarda. Il n'y avait plus personne sur la colline.

Daru hésita. Le soleil était maintenant assez haut dans le ciel et commençait de lui dévorer le front. L'instituteur revint sur ses pas, d'abord un peu incertain, puis avec décision. Quand il parvint à la petite colline, il ruisselait de sueur. Il la gravit à toute allure et s'arrêta, essoufflé, sur le sommet. Les champs de roche, au sud, se dessinaient nettement sur le ciel bleu, mais sur la plaine, à l'est, une buée de chaleur montait déjà. Et dans cette brume légère, Daru, le cœur serré, découvrit l'Arabe qui cheminait lentement sur la route de la prison.

Un peu plus tard, planté devant la fenêtre de la salle de classe, l'instituteur regardait sans la voir la jeune lumière bondir des hauteurs du ciel sur toute la surface du plateau. Derrière lui, sur le tableau noir, entre les méandres des fleuves français s'étalait, tracée à la craie par une main malhabile, l'inscription qu'il venait de lire : « Tu as livré notre frère. Tu paieras. » Daru regardait le ciel, le plateau et, au-delà, les terres invisibles qui s'étendaient jusqu'à la mer. Dans ce vaste pays qu'il avait tant aimé, il était seul.

L'HÔTE

(résumé interprétateur)

Le sujet, c'est la tragédie de l'instituteur Daru, Français d'Algérie qui se sentirait un exilé partout ailleurs. L'événement raconté ici se situe juste avant le grand soulèvement.

Daru – dont le nom offre des résonances avec celui de Camus – est animé par un immense sentiment de fraternité envers ceux qui souffrent. Le gendarme Balducci lui amène un Arabe prisonnier et le prie de livrer celui-ci le lendemain à la police. L'Arabe a tué un compatriote et le meurtre semble avoir été causé par la pauvreté et par la famine (L'un devait du grain à l'autre). « Nous sommes mobilisés, dans un sens », dit Balducci,[1] ce qui implique qu'ils sont tous les deux dans la situation du capitaine Renaud qui a reçu la lettre au cachet rouge. Le capitaine que peint Vigny dans *Laurette ou le Cachet rouge* doit exécuter en pleine mer un jeune homme sympathique et bon parce que le gouvernement préfère se débarrasser de ce prisonnier politique. Bien que révolté, le capitaine obéit, parce qu'il a l'habitude d'obéir aux ordres reçus. C'est ce que fait le gendarme. Mais chez Daru, la révolte l'emporte, il refuse de livrer l'Arabe.

Son attitude envers le prisonnier est cependant ambiguë. Ami des Arabes, Daru est ennemi des meurtriers. « Une colère subite vint à Daru contre cet homme, contre tous les hommes et leur sale méchanceté, leurs haines inlassables, leur folie du sang. » Son déchirement se trahit d'abord dans son hésitation à lui servir le

[1] p. 11 / ligne 10

thé.[2] Mais Balducci parti, Daru opte pour une attitude fraternelle. C'est pourquoi l'hostilité de sa propre voix le surprend quand il s'adresse en arabe à celui qui a tué.[3] L'Arabe l'invite à partager le combat clandestin qui se prépare.[4] Indécis, Daru eût été heureux que son prisonnier s'évadât.

Car le livrer semble à Daru contraire à l'honneur et, au moment de partir pour le poste de police, il se ravise et rentre dans l'école pour prendre quelques vivres.[5] Sa décision – non-énoncée – est prise : il mettra l'Arabe à même de choisir, lui aussi, selon l'honneur, ce qui lui convient le mieux, la prison ou la liberté.

Le résultat des deux choix, c'est que l'Arabe s'achemine, selon la justice, vers la prison et que Daru, par suite d'un malentendu, trouve l'annonce de son exil écrite sur le tableau de classe : «Tu as livré notre frère, tu paieras.» «Dans ce vaste pays qu'il avait tant aimé, il était seul.»

Cette phrase résume le drame algérien que Camus vécut comme une tragédie personnelle, et termine la nouvelle la mieux comprise et la plus favorablement commentée de *L'exil et le royaume*. Daru, instituteur des Arabes et distributeur des provisions céréales, mène le combat contre la faim spirituelle et physique. Comme tant d'autres personnages camusiens, Daru est un sauveur qui finit en crucifié.

(Extrait de: Carina GADOUREK, *Les innocents et les coupables. Essai d'exégèse de l'œuvre d'Albert Camus*. Mouton & Co, La Haye)

[2] p. 12 / ligne 10
[3] p. 16 / ligne 7
[4] p. 16 / ligne 35
[5] p. 19 / ligne 25

ANNOTATIONS

INTRODUCTION

La nouvelle se situe en Algérie, peu de temps avant le soulèvement des nationalistes arabes contre le gouvernement colonial français. Les combats, menés avec un fanatisme impitoyable, éclatent en 1957 et aboutissent, en 1962, aux accords d'Evian, qui assurent à l'Algérie l'indépendance en coopération avec la France.

1er nov 54

ABREVIATIONS

cf.	:	comparez
fam.	:	mot familier, employé entre amis
'h	:	h consonne
p.ex.	:	par exemple
pop.	:	mot populaire, employé par le (bas) peuple
qc.	:	quelque chose
qn.	:	quelqu'un
v.	:	voir

7

un hôte 1. personne qui reçoit chez elle
2. personne qui est reçue chez qn.

2 *entamer* couper le premier morceau, commencer

3 *le raidillon* montée raide (= qui n'est pas facile à monter)

4 *peiner* se fatiguer

6 *broncher* faire un faux pas

7 *le jet* liquide, gaz, etc., qui sort brusquement (p. ex.: jet d'eau)
la vapeur liquide transformé en gaz par la chaleur

10 *la couche* substance étendue régulièrement sur une autre (p. ex.: couche de neige, de sable, de feuilles mortes)

12 *le chandail* tricot de laine

13 *glacé* très froid

15 *un estuaire* large embouchure d'un fleuve

16 *brutalement* brusquement
à la mi-octobre au milieu du mois d'octobre

17 *la transition* passage d'un état à un autre

18 *disséminé* situé çà et là, un peu partout

21 *attenant à* qui touche à

25 *le contrefort* (= Gebirgsausläufer)

8

4 *foncé* sombre, fortement coloré

5 *renforcer* rendre plus fort

7 *on eût dit* (= man hätte meinen können)

9 *les ténèbres* obscurité (= absence de lumière)
la saute changement brusque (en parlant du vent, de la température)

11 *patienter* attendre avec patience

12 *un appentis* petit bâtiment appuyé à un mur (= Schuppen)
puiser dans schöpfen aus, holen von (cf. boire *dans* un verre)

15 *le ravitaillement* les provisions
la tourmente tempête violente

17 *... de quoi soutenir* tout ce qu'il faut pour soutenir

18 *encombrer* occuper en trop grand nombre (p. ex.: rue encombrée de voitures)

21 *atteindre* toucher, frapper

25 *le grain* ici: grain de blé (cf. grain de sable, de sel)
la soudure (= Lötstelle; hier: Überbrückung[shilfe])

28 *'haillonneux* en haillons (= vêtements déchirés)

29 *calciné* desséché par la chaleur

30 *recroquevillé* [-ij-] (= zusammengeschrumpft)
torréfié grillé, brûlé

9

3 *crépi* (= verputzt)

4 *une étagère* meuble formé de tablettes placées par étages

5 *hebdomadaire* qui revient chaque semaine

6 *un avertissement* (= [Vor-] Warnung)

la détente (= Entspannung, Milderung)

8 *... n'arrangeaient rien* ... n'y changeaient rien

10 *le terre-plein* plate-forme en terre battue

11 *à mi-pente* à la moitié de la pente (= côté d'une colline)

12 *le cavalier* celui qui monte à cheval

16 *la djellabah* vêtement long et ample des Arabes

18 *grège* brut (= roh, unverarbeitet)

le chèche bonnet en drap rouge

21 *la portée de voix* distance à laquelle la voix peut atteindre

25 *déboucher* sortir d'un lieu étroit, apparaître soudain

27 *ses moustaches hérissées:* dont les poils se hérissent, se dressent

28 *basané* bruni par le grand air

29 *la ride* p. ex.: la figure d'une vieille personne est traversée de rides

appliqué (= diensteifrig)

33 *être à l'aise* (= es bequem haben, sich wohl fühlen)

10

1 *dénouer* défaire un nœud (= Knoten)

2 *s'accroupir* s'asseoir sur ses talons (= Fersen)

5 *lisse* p. ex.: la figure d'un enfant est encore lisse

7 *buté* obstiné, entêté (= trotzig)

recuit brûlé par le soleil

10 *passez à côté* entrez dans la pièce à côté (de la chambre)

11 *la menthe* plante aromatique (= Pfefferminz)

12 *la corvée* travail pénible

vivement la retraite il est temps que je prenne ma retraite, que je quitte le service

14 *ses poignets joints* (= seine zusammengebundenen Handgelenke)

23 *s'agenouiller* se mettre à genoux

25 *gonflé* devenu plus gros (cf. gonfler un pneu, un ballon)

aspirer attirer l'air ou un liquide avec la bouche

26 *la gorgée* quantité de liquide qu'on avale en une fois

27 *et comme ça, ...?* (= und wo wollt ihr nun eigentlich hin?)

29 *drôles d'élèves!* (= sonderbare Schüler!)

31 *la commune mixte:* dont la population est mi-française et mi-arabe

33 *tu te fous de moi* (pop.) tu te moques de moi

11

3 *peiner* blesser (par un mot désagréable)
7 *approuver* consentir à, dire «oui»
9 *ça bouge* (fam.) (= es rührt sich was)
10 *dans un sens* (= gewissermaßen)
15 *le zèbre* animal africain à robe rayée de noir et de blanc ici: type (= Kerl)
19 *le costaud* (pop.) homme robuste
21 *s'ébrouer* souffler fortement, en parlant du cheval
22 *le sabot* corne aux pieds du cheval
... se levait s'éclaircissait
26 *inaltérable* qui ne change pas
déverser verser, répandre
33 *il est contre nous?:* est-ce qu'il appartient aux rebelles?

12

3 *la serpe* grand couteau pour couper le bois
zic! interjection qui exprime le son du coup
7 *inlassable* infatigable
9 *la bouilloire* vase de métal pour faire bouillir l'eau
11 *une avidité* désir excessif
entrebâiller ouvrir légèrement
14 *filer* (fam.) s'en aller très vite
18 *interdit* très étonné
19 *ce n'est pas la peine* cela n'est pas nécessaire
24 *la malle* coffre de voyage
27/33 *sonné; fêlé* (fam.) fou
27 *à l'abri* en sûreté

13

1 *d'ici El Ameur* d'ici jusqu'à...
4 *le cuir* peau d'animaux préparée (p. ex.: chaussures de cuir)
6 *le gars* [ga] garçon
17 *la réflexion* action de réfléchir
19 *lâcher* abandonner, quitter brusquement
à ton aise comme tu veux
20 *dénoncer* signaler à la police
26 *la plume sergent-major* une plume longue et très pointue dont la marque de fabrique est «sergent-major» (= Feldwebel)
27 *tracer* tirer des lignes, dessiner
32 *faire un affront à qn.* blesser, offenser qn.
33 *renifler* aspirer fortement par le nez (= schnupfen)
34 *chagrin* triste, de mauvaise humeur
35 *surgir* apparaître brusquement

14

1 *étouffer* (= ersticken)
2 *la cloison* mur de séparation
s'effarer s'inquiéter, s'effrayer
3 *la bride* lien de cuir qui sert à conduire le cheval
6 *mollement* doucement
9 *le seuil* [sœj] pierre ou morceau de bois au bas d'une porte

se raviser changer d'avis
13 *après la guerre:* après la Seconde Guerre mondiale
16 *mauve* couleur violet clair
19 *ingrat* qui n'est pas reconnaissant; ici: stérile
20 *le sillon* [-ij-] trace de la charrue (= Pflug) sur le sol
21 *creuser* rendre creux (= hohl) p. ex.: creuser un trou, un puits
22 *propice* favorable
labourer ouvrir et retourner la terre avec la charrue
24 *le copeau* petit morceau
le creux ce qui est creux, un trou
25 *engraisser* rendre gras, rendre plus fertile
27 *les hommes y passaient:* . . . y passaient leur vie
33 *franc, franche* qui s'exprime librement

15

4 *boudeur* (= schmollend)
11 *pétrir* p. ex.: le boulanger pétrit la pâte pour faire du pain
la galette gâteau rond et plat
le fourneau à butagaz (= Butangaskocher)
14 *le rebord* (= Sims)
15 *étendu d'eau* (= mit Wasser verdünnt)
17 *'heurter* toucher ou rencontrer rudement (= stoßen)
20 *donner de la lumière* allumer la lumière
30 *pourquoi tu manges . . .?* Après *pourquoi* l'inversion est souvent supprimée dans le langage courant
33 *perpendiculaire* qui fait un angle droit avec une ligne
35 *le dossier* documents qui sont classés dans un carton portant une inscription au dos

16

1 *disposer* arranger
oisif qui n'a rien à faire, non occupé
4 *il n'y parvenait pas* il n'y réussissait (arrivait) pas
7 *une hostilité* sentiment de haine
10 *se sauver* s'en aller en courant, fuir
15 *se raidir* devenir raide (= qui n'est pas facile à plier); se tendre avec force
18 *une irritation* vive colère
19 *gauche* maladroit, malhabile
emprunté [œ̃] embarrassé, gêné
coincer [ɛ̃] retenir comme dans un coin
29 *à même les couvertures* directement sur les couvertures
34 *battre les paupières* (= zwinkern)

17

4 *vulnérable* qui peut être blessé, faible
la tentation vif désir, ici inspiré par la peur
5 *il en avait vu d'autres* (fam.) il avait connu d'autres dangers

9 *se congeler* (= gefrieren, sich verdichten)
10 *remuer* être en mouvement
11 *distinguer* reconnaître au milieu d'autres choses
13 *rôder* errer çà et là, tourner autour
17 *gémir* se plaindre faiblement (= stöhnen)
guetter surveiller secrètement; ici: écouter
24 *contracter un lien* (= eine Bindung eingehen)
25 *une armure* vêtement métallique que les anciens guerriers portaient pour se défendre
se rejoindre se retrouver
26 *par-dessus* (= über ... hinweg)
27 *le songe* rêve
se secouer se ressaisir, se reprendre
29 *imperceptible* qui ne peut être aperçu, qui échappe à notre attention
31 *en alerte* alarmé
33 *somnambulique:* une personne qui se promène en dormant s'appelle somnambule

18

4 *huilé* souple et silencieux
6 *interpeller* s'adresser à qn. et lui demander de répondre
8 *faire jouer le loquet* (= die Klinke drücken)
9 *avec précaution* avec prudence, très doucement
11 *bon débarras!:* quelle chance que je puisse me débarrasser de lui!
14 *s'encastrer* (= hier: im Türrahmen erscheinen)
17 *furtif* qui se fait en cachette (= verstohlen, schleichend)
22 *le sursaut* mouvement brusque
24 *apeuré* effrayé
30 *le robinet* appareil qui permet de faire couler l'eau

19

1 *inonder* p. ex.: les eaux de la rivière ont inondé tous les champs
9 *tousser* p. ex.: il a pris froid et tousse toute la nuit
10 *malgré lui* sans le vouloir
11 *imbécile* stupide
12 *révolter* pousser à la révolte, indigner (= empören)
13 *une humiliation* (= Demütigung)
maudire appeler le malheur sur qn.
21 *chausser* mettre, en parlant de chaussures
26 *la biscotte* (= Zwieback)
28 *boucler* fermer à clé
29 *c'est par là* (= dorthin geht es)
31 *revenir sur ses pas* (=umkehren)
32 *les alentours* la région autour ...

20

2 *une aiguille calcaire* (= Kalksteinzacken)

3 *pomper* puiser avec une pompe; ici: sécher
la flaque p. ex.: la pluie laisse des flaques dans les rues
à toute allure à grande vitesse
6 *de loin en loin* de temps en temps
fendre traverser rapidement
8 *une exaltation* grande émotion
9 *la calotte* petit bonnet rond porté par le clergé, ici: voûte du ciel
11 *une éminence aplatie* hauteur plate
12 *friable* qui se réduit facilement en poussière
dévaler descendre
14 *un amas* tas (cf. ramasser)
15 *tourmenté* inégal, irrégulier
20 *mille francs* il s'agit de mille anciens francs, qui correspondent à dix nouveaux francs ou à DM 8,11
31 *le pâturage* terrain où les animaux domestiques mangent de l'herbe
32 *abriter* protéger, mettre à l'abri (cf. p. 12/27)

21

3 *indécis* non décidé, hésitant
8 *nouer* cf. p. 10/1
jurer (=1. schwören, 2. fluchen)
13 *dévorer* manger avidement
15 *ruisseler de sueur* être baigné de sueur
gravir monter avec effort
18 *la buée* vapeur (v. p. 7/7)
19 *la brume* brouillard épais
22 *bondir* sauter
24 *les méandres* les tours et détours

23

3 *le grand soulèvement* v. Introduction
11 *impliquer* contenir, vouloir dire
12 *Renaud:* le capitaine Renaud est le héros de trois nouvelles, publiées par Alfred de Vigny sous le titre général *Servitude et grandeur militaires* (1835)
13 *le cachet* (= Siegel)
16 *révolté* cf. p. 19/12
18 *l'emporter* gagner la partie
20 *ambigu, üe* équivoque, qui n'est pas clair (= zweideutig)
24 *le déchirement* déchirement de cœur, conflit intérieur

24

1 *opter pour* se décider pour
4 *partager* ici: prendre part à
clandestin fait en cachette, contrairement aux lois
... eût été aurait été (cf. p. 8/7)
5 *s'évader* s'échapper
re raviser changer d'avis
8 *énoncer* exprimer
9 *à même* en état (= imstande [sein], instand [setzen])
10 *convenir à qn.* être en accord avec qn., plaire à qn.

11 *s'acheminer* se diriger
12 *par suite de* à cause de
le malentendu parole ou action mal comprise
13 *un exil* ici: l'action d'exiler (= chasser qn. de sa patrie)

19 *les provisions céréales* provisions de blé
22 *crucifier* clouer sur une croix; le crucifix est la représentation de Jésus-Christ crucifié